PERSÉE,

TRAGEDIE

REPRESENTÉE
PAR L'ACADEMIE ROYALE
DE MUSIQUE.
Le dix-ſeptiéme Avril 1682.

On la vend
A PARIS,
A l'Entrée de la Porte de l'Academie Royale de Muſique,
au Palais Royal, ruë Saint Honoré.
Imprimée aux deſpens de ladite Academie.
Par CHRISTOPHE BALLARD, ſeul Imprimeur du
Roy pour la Muſique.

M. DC. LXXXII.
Avec Privilege de Sa Majeſté.

ACTEVRS DV PROLOGVE.

LA VERTV.

PHRONIME, Suivant de la Vertu.

MEGATHYME, Autre Suivant de la Vertu.

Troupe de Suivants de la Vertu.

Troupe de Suivantes de la Vertu.

L'INNOCENCE.

Les Plaisirs innocents.

La FORTVNE,

La MAGNIFICENCE.

L'ABONDANCE.

Troupe de Suivants de la Fortune.

Troupe de Suivantes de la Fortune.

PROLOGUE.

Le Theatre repreſente un Boccage.

PHRONIME & MEGATYME.

PHRONIME.

A Vertu veut choiſir ce lieu pour ſa retraite ;
C'eſt un heureux ſéjour, tout y plaiſt à mes yeux.

MEGATHYME.

La Vertu fait trouver dans les plus triſtes lieux
Vne felicité ſecrete.

PHRONIME.

Sans la Vertu, ſans ſon ſecours,
On n'a point de bien veritable.
Elle eſt eſt toûjours aimable,
Il faut l'aimer toûjours.

PROLOGUE.

MEGATHYME.

Elle éternise la memoire
D'un Heros qui la suit,
La gloire où la Vertu conduit
Est la parfaite gloire.

PHRONIME & MEGATHYME.

Suivons par tout ses pas.
On ne peut la connaistre
Sans aimer ses appas.
Le Bonheur ne peut estre
Où la Vertu n'est pas.

La Vertu s'avance au milieu d'une Troupe de Suivants & de Suivantes. L'Innocence & les Plaisirs innocents accompagnent la Vertu.

PHRONIME, MEGATHYME, & le CHOEUR.

O! Vertu charmante?
Vostre empire est doux.
Avec vous, tout nous contente
On n'est point heureux sans vous.
O! Vertu charmante!
Vostre empire est doux.

LA VERTU.

Ne vous abusez point par une vaine attente:
On n'a pas aisément les prix que je presente;
Ils coustent mille efforts, ils font mille Ialoux.

PROLOGUE.

L'inconſtante Fortune à me nuire eſt conſtante ;
Lorſque l'on ſuit mes pas on s'expoſe à ſes coups :
On trouve en ſon fatal couroux
Vne Hydre toûjours renaiſſante.

MEGATHYME.

Avec vous rien n'eſpouvante.

PHRONIME.

On n'eſt point heureux ſans vous.

MEGATHYME PHRONIME & le CHOEUR.

O! Vertu charmante!
Voſtre empire eſt doux.

LA VERTU.

Fuyons de la Grandeur la pompe embaraſſante.
La retraite a des biens dont la douceur enchante,
Et qui ſont reſervez pour nous :
Ioüiſſons du bonheur d'une vie innocente.
C'eſt le bien le plus grand de tous.

MEGATHYME, PHRONIME, & le CHOEVR.

O! Vertu charmante!
Voſtre empire eſt doux.
Avec vous, tout nous contente,
On n'eſt point heureux ſans vous.
O! vertu charmante!
Voſtre empire eſt doux.

PROLOGUE.

L'Innocence, les Plaisirs innocens, & toute la suite de la vertu témoignent leur joye en dansant & en chantant.

PHRONIME, & MEGATHYME.

La Grandeur brillante
Qui fait tant de bruit,
N'a rien qui nous tente;
Le Repos la fuit,
Malheureux qui la suit.
Fortune volage!
Laissez-nous en paix;
Vous ne donnez jamais
Qu'un pompeux esclavage:
Tous vos biens n'ont que de faux attraits.
Dans un doux azile
Nous bornons nos vœux;
Nostre sort est tranquile,
C'est un bien qui doit nous rendre heureux.

La Vertu couronne
Ses Amants constants:
Heureux qui luy donne
Ses soins, & son temps:
Ses vœux seront contents.
Fortune volage!
Laissez-nous en paix!
Vous ne donnez jamais

Qu'un pompeux esclavage ;
Tous vos biens n'ont que de faux attraits.
Dans un doux azile
Nous bornons nos vœux !
Nostre sort est tranquile,
C'est un bien qui doit nous rendre heureux.

Le lieu Champestre que la Vertu a choisy pour retraite, est tout à coup embelly d'ornements magnifiques. On voit sortir de terre un Parterre de Fleurs, deux rangs de Statuës, des Berceaux dorez, & des Fontaines jallissantes

LA VERTU.

Qui nous fait voir icy tant de magnificence?
C'est la Fortune qui s'avance

On entend le bruit éclatant d'un grand nombre d'Instruments. La Fortune s'aproche, l'Abondance & la Magnificence l'accompagnent, avec une suite richement parée. Tout se réjoüit & tout danse autour de la Fortune.

LA VERTU.

Me cherchez-vous quand je vous fuis ?
Fortune, je sçay trop que vous m'estes contraire.
Non, ce n'est pas un soin qui vous soit ordinaire
D'embellir les lieux où je suis.

LA FORTUNE.

Effaçons du passé la memoire importune,
J'ay toûjours contre vous vainement combattu :
Vn auguste Heros ordonne à la Fortune
D'estre en paix avec la Vertu.

PROLOGUE.

LA VERTU.

Ah! je le reconnoy ſans peine,
C'eſt le Heros qui calme l'Univers.

LA FORTUNE.

Luy ſeul, pour vous, pouvoit vaincre ma haine,
Il vous revere, & je le ſers.

Je l'aime conſtamment, moy qui ſuis ſi legere.
Par tout, ſuivant ſes vœux: avec ardeur je cours,
Vous paraiſſez toûjours ſevere,
Et vous eſtes toûjours
Ses plus cheres amours.

LA VERTU.

Mes biens brillent moins que les voſtres;
Vous trouvez tant de cœurs, qui n'adorent que vous:
Vous les enchantez preſque tous.

LA FORTUNE.

Vous regnez ſur un Cœur qui vaut ſeul toˢ les autres.

Ah! s'il m'euſt voulu ſuivre il euſt tout ſurmonté,
Tout trembloit, tout cedoit à l'ardeur qui l'anime:
C'eſt vous, Vertu trop magnanime,
C'eſt vous qui l'avez arreſté.

LA VERTU.

Son grand Cœur s'eſt mieux fait connaiſtre,
Il a fait ſur luy-meſme un effort genereux:
Il veut rendre le Monde heureux;
Il prefere au bonheur d'en devenir le Maiſtre,
La gloire de montrer qu'il merite de l'eſtre.

La

PROLOGUE.

LA VERTU, & LA FORTUNE.

Sans cesse combattons à qui servira mieux,
Ce Heros glorieux.

La Vertu, la Fortune, & les Chœurs.

Les Dieux ne l'ont donné que pour le bien du Monde,
Que ses Travaux sont grands ! Que ses Destins sont beaux!
Dans une paix profonde,
Il trouve une source feconde
De Triomphes nouveaux.
Les Dieux ne l'ont donné que pour le bien du Monde.

LA FORTUNE.

Que jusques dans les Jeux tout nous parle de Luy.
Les Dieux qui meditoient leur plus parfait Ouvrage
Autrefois dans Persée en traçerent l'image :
J'obtiendray qu'Apollon le ranime aujourd'huy.

LA VERTU, & LA FORTUNE.

Mille nouveaux Concerts doivent se faire entendre;
Tout promet au Merite un favorable sort.
Quel bien ne doit-on pas attendre
De nostre heureux accord?

La suite de la Vertu, & la suite de la Fortune se réünissent, & témoignent leur joye par leurs Danses, & par leurs Chants.

**

PROLOGUE.

Une Suivante de la Vertu, & une Suivante de la Fortune chantent ensemble.

Quel heureux jour pour nous!
Tout suit nostre envie:
Quel heureux jour pour nous!
Que nostre sort est doux!
La Vertu voit en paix ceux qui l'ont suivie,
La Fortune pour eux pert son fatal couroux.
Quel heureux jour pour nous!
Tout suit nostre envie:
Quel heureux jour pour nous!
Que nostre sort est doux.
Tous nos jours seront beaux, goustons bien la vie.
Rien ne trouble nos vœux, le Ciel les comble tous.
Quel heureux jour pour nous!
Tout suit nostre envie.
Quel heureux jour pour nous!
Que nostre sort est doux!

La Vertu, la Fortune, & les Chœurs.

Heureuse intelligence,
Douce & charmante Paix,
Comblez nostre esperance.
Douce & charmante Paix
Puissiez-vous durer à jamais.

Fin du Prologue.

ACTEURS
DE LA TRAGEDIE.

CEPHÉE, *Roy d'Ethiopie.*
CASSIOPE, *Reyne, Espouse de Cephée.*
MEROPE, *Sœur de Cassiope.*
ANDROMEDE, *Fille unique de Cephée & de Cassiope.*
PHINÉE, *Frere de Cephée, à qui Andromede a esté promise.*
Troupe de Suivants de Cephée.
Troupe de Suivants de Cassiope.
Troupes d'Ethiopiens & d'Ethiopiennes.
Quadrilles de jeunes Hommes, choisis pour disputer les prix des Ieux Iunoniens.
Quadrille de jeunes Filles choisies pour les mesmes Ieux.

AMPHIMEDON	
CORITE	*Ethiopiens.*
PROTENOR,	

PERSEE, *Fils de Iupiter & de Danaé Amant, d'Andromede.*
MERCVRE.
Troupe de Cyclopes.
Troupe de Nymphes Guerrieres de la Suite de Pallas.
Troupe de Divinitez Infernales.

MEDVSE.
EVRYALE } *Les trois Gorgones.*
STENONE.

Troupe de Monstres formez du sang de Meduse.

IDAS, Vn des Courtisans de Cephée.

Troupe de Matelots.

Troupe de Matelottes.

Le Grand Prestre du Dieu Hymenée.

Suite du Grand Prestre.

Troupe de Courtisants de Cephée.

Troupe de Combattans du party de Phinée.

Troupe de Combattans du party de Cephée & de Persée.

VENVS.

L'AMOVR

Troupe d'Amours.

L'Hymenée.

Les Graces.

Les Ieux.

PERSÉE, TRAGEDIE.

ACTE PREMIER.

Le Theatre represente une Place publique magnifiquement ornée, & disposée pour y celebrer des Jeux à l'honneur de Junon.

SCENE PREMIERE.

CEPHÉE, CASSIOPE, MEROPE. Suite.

CEPHÉE.

Ie crains que Iunon ne refuse
D'apaiser sa haine pour nous :
Ie crains malgré nos vœux que l'affreuse Meduse
Ne revienne servir son funeste couroux

L'Ethiopie, en vain, à mes loix est soûmise;
Quelle esperance m'est permise
Si le Ciel contre Nous veut toûjours estre armé?
Que me sert toute ma puissance?
Contre ce Monstre affreux mon Peuple est sans deffense:
Qui le voit, est soudain en Rocher transformé;
Et si Junon que vostre orgueil offense
N'arreste sa vengeance,
Ie serai bien-tost Roy d'un Peuple inanimé.

CASSIOPE.

Heureuse Espouse, heureuse Mere,
Trop vaine d'un sort glorieux,
Ie n'ay pû m'empescher d'exciter la colere
De l'Espouse du Dieu de la Terre & des Cieux.
I'ay comparé ma gloire à sa gloire immortelle.
La Déesse punit ma fierté criminelle;
Mais j'espere fléchir son couroux rigoureux.
I'ordonne les celebres Ieux,
Qu'à l'honneur de Iunon èn ces lieux on prepare;
Mon orgueil offensa cette Divinité;
Il faut que mon respect repare
Le crime de ma vanité.

CEPHE'E.

Ie vais avec Persee, implorer l'assistance
Du Dieu dont il tient la naissance.
Il est fils du plus grand des Dieux,

Apaisez de Iunon la colere fatale ;
Ce seroit pour elle en ces lieux
Vn objet odieux
Qu'un fils de sa Rivale.

CASSIOPE.

Par un cruel chastiment,
Les Dieux nous font voir leur haine ;
On les irrite aisément,
On les appaise avec peine.

CEPHÉE.

Les Dieux punissent la fierté,
Il n'est point de grandeur que le Ciel irrité,
N'abaisse quand il veut & ne reduise en poudre :
Mais un prompt repentir
Peut arrester la foudre
Toute preste à partir.

MEROPE.

Puissions-nous desarmer le Ciel qui nous menace.

CEPHÉE, CASSIOPE, ET MEROPE.

O Dieux qui punissez l'audace !
Dieux ! redoutables Ennemis !
Nous vous demandons grace,
Pardonnnez à des Cœurs soûmis.

SCENE SECONDE.

CASSIOPE, MEROPE.

CASSIOPE.

PHinée est destiné pour espouser ma fille.
Vous sçavez mes desseins pour vous,
Ma Sœur, par vostre himen, il m'auroit esté doux
D'unir Persée à ma famille:
Mais je le veux en vain, l'Amour n'y consent pas;
Aux yeux de ce Heros ma fille a trop d'appas.

MEROPE.

Le Fils de Iupiter l'adore;
Croyez-vous que je sois encore
A m'en apercevoir?
I'y prens trop d'interest pour ne le pas sçavoir.

Ie goustois une paix heureuse
Avant que ce Heros parut dans cette Cour:
Par une esperance trompeuse,
Falloit-il me livrer au pouvoir de l'Amour?

CASSIOPE.

Cachez bien la foiblesse ou vostre Cœur s'engage.

MEROPE.

Mon Vainqueur encore aujourd'huy
Ignore de mon cœur le funeste esclavage:

Ie mourrois de honte & de rage,
Si l'Ingrat connoissoit l'amour que j'ay pour luy.

CASSIOPE.

De chagrin, & de colere,
Vostre cœur est deschiré;
Vous perdez l'espoir de plaire;
Peut-on trop tost se deffaire
D'un amour desesperé?

Appellez le Dépit: que vostre amour luy cede;
Sortez par son secours d'un tourment si fatal.

MEROPE.

Le triste secours qu'un remede
Plus cruel encor que le mal!

CASSIOPE.

Pour prendre soin des Ieux, il faut que je vous quitte;
Par mes conseils vostre douleur s'irrite.

CASSIOPE ET MEROPE.

Le Temps seul peut guerir
Les maux que l'Amour fait souffrir.

SCENE TROISIESME.

MEROPE Seule.

AH! je garderay bien mon cœur,
Si je puis le reprendre.

Venez, juste Dépit, venez, c'est trop attendre,
Brisez des fers pleins de rigueur:
Hastez-vous de me rendre
De mon premier repos la charmante douceur.
Ah! je garderay bien mon cœur,
Si je puis le reprendre.
Helas! mon cœur soûpire; & ce soûpir trop tendre
Va, malgré mon dépit, rappeller ma langueur:
L'Amour est toûjours mon vainqueur,
Et si je veux en vain m'en deffendre.
Ah! j'ay trop engagé mon cœur,
Ie ne puis le reprendre.

Andromede vient voir les Ieux,
Phinée avec elle s'avance:
L'espoir de leur hymen flate encore mes vœux,
Et c'est ma derniere esperance.

SCENE QVATRIESME.

MEROPE, ANDROMEDE, PHINE'E.

ANDROMEDE ET PHINE'E.

CRoyez-moy, croy-moy,
Andromede. *Cessez de craindre.*
Phinée. *Cessez de feindre.*

ANDROMEDE.

Ie veux vous aimer, je le doy.

PHINE'E.

Vous ne m'aimez pas, je le voy.

Andromede. *Cessez de craindre.*
Phinée. *Cessez de feindre.*

ANDROMEDE ET PHINE'E.

Croyez-moy. Croyez-moy.

MEROPE.

Vous estes tous deux aimables,
Et vous vous aymez tous deux:
Quels differends sont capables
De rompre de si beaux nœuds?
Que ne souffriront point les Amants miserables,
Si l'Amour a des maux pour les Amants heureux?

ANDROMEDE.

Sans raison son chagrin éclate.

PHINE'E.

Perdray-je sans chagrin mon espoir le plus doux?
Condamnez une Ingrate.

ANDROMEDE.

Condamnez un Amant jaloux.

PHINE'E.

Persée a sçeu luy plaire, & d'une vaine excuse
Elle veut éblouïr mon amour outragé.

Elle m'aimoit, non, je m'abuse,
Non, puis qu'elle a si tost changé,
Iamais son cœur pour moy ne fut bien engagé.

ANDROMEDE.

Le Devoir sur mon cœur vous donne un juste empire,
Vous ne devez pas craindre un changement fatal:
Vn Amant assuré du bon-heur qu'il desire
Peut-il estre Ialoux d'un mal-heureux Rival?

PHINE'E.

Non, je ne puis souffrir qu'il partage une chaîne
Dont le poids me paraist charmant:
Quand vous l'accableriez du plus cruel tourment,
Ie serois jaloux de sa peine.
Mais il ne fait point voir de dépit escattant?
S'il est si mal-heureux, sa constance m'estonne:
L'Amour que l'espoir abandonne
Est moins tranquile & moins constant.

ANDROMEDE.

Quel plaisir prenez vous à vous troubler vous-mesme?
Et dequoy vostre amour peut-il estre allarmé?
Ie suis vostre Rival avec un soin extrême:
A-t'on accoustumé
De fuïr ce que l'on aime?

PHINE'E.

Vous suivez à regret la Gloire, & le Devoir
En fuyant un Amant à vos yeux trop aimable.

Vous

Vous l'avez trouvé redoutable,
Puisque vous craignez de le voir.

ANDROMEDE.

Tout vous fait peur, tout vous irrite,
Vons m'aprenez à craindre un Heros glorieux.
Ie ne veux point voir son merite,
Vostre importun soupçon veut-il m'ouvrir les yeux.

PHINE'E.

Ah! si vous le flatiez de la moindre esperance;
Le Dieu qu'il vous fait croire autheur de sa naissance
Dût-il faire éclater son foudroyant couroux,
Ne le sauveroit pas de mon transport jaloux.

ANDROMEDE.

Juste Ciel!

PHINE'E.

Vous tremblez? Persée a sçeu vous plaire
Si son peril peut vous troubler?

ANDROMEDE.

Le Ciel n'est que trop en colere,
Et vous bravez un Dieu qui peut vous accabler,
C'est pour vous que je dois trembler.

PHINE'E.

Ne vous servez point d'artifice.

ANDROMEDE.

Ne me faites point d'injustice.

Ie veux vous aimer, je le doy.

PHINE'E.

Vous ne m'aimez pas, je le voy.

ANDROMEDE ET PHINE'E.

Andromede. *Cessez de craindre.*
Phinée. *Cessez de feindre.*

ANDROMEDE ET PHINE'E.

Croyez-moy, croyez-moy.

MEROPE.

Il craint autant qu'il aime,
Vous devez l'excuser.
L'amour extrême
Sert d'excuse luy-mesme
Aux craintes qu'il a sçeu causer.

MEROPE, ANDROMEDE ET PHINE'E.

Ah! que l'Amour cause d'allarmes!
Ah! que l'Amour auroit d'attraits,
S'il ne troubloit jamais
La douceur de ses charmes!
Ah! que l'Amour auroit d'attraits,
Si l'on aimoit toûjours en paix!

ANDROMEDE.

Mon devoir est pour vous, mon devoir peut suffire
A vous faire un tranquile espoir.

PHINE'E.

Ne ferez-vous jamais parler que le Devoir?

L'Amour n'a-t'il rien à me dire ?

ANDROMEDE.

Les Ieux vont commencer plaçons-nous pour les voir.

SCENE CINQVIESME.

CASSIOPE, ANDROMEDE, MEROPE, PHINE'E, Troupe de Suivants de Cassiope qui portent les Prix, Quadrilles de jeunes Personnes choisies pour les Jeux, Chœur de Spectateurs.

CASSIOPE.

O Junon! puissante Déesse!
Qu'on ne peut assez reverer!
J'assemble en vostre nom, cette aimable Ieunesse
Que le flambeau d'Hymen doit bien-tost esclairer.
Chacun va montrer son adresse
Pour disputer les prix que j'ay fait preparer.
Ne gardez pas pour nous une haine implacable:
Si l'orgueil me rendit coupable,
Ie reconnoy mon crime & veux le reparer;
Voyez d'un regard favorable
Les Ieux qu'en vostre honneur nous allons celebrer.

LE CHOEUR.

Laissez calmer vostre colere?
O Iunon! exaucez nos vœux?
Si nous pouvions vous plaire,
Que nous serions heureux!

On commence les Jeux en disputant le Prix de la Danse.

SCENE SIXIESME.

AMPHIMEDON, CORITE, PROTENOR, & les mesmes Acteurs de la Scene precedente.

AMPHIMEDOR.

FVyons, nos vœux sont vains, & Iunon les refuse.
De nouveaux Malheureux en Rochers convertis,
Ne nous ont que trop avertis
Qu'ils ont veu paraistre Meduse.

CORITE.

Meduse revient dans ces lieux.

PROTENOR.

Gardons-nous de la voir, la mort est dans ses yeux.

Tous ensemble en fuyant.

Fuyons ce Monstre terrible.
Sauvons-nous, s'il est possible;
Sauvons-nous, hastons nos pas,
Fuyons un affreux trépas.

Fin du premier Acte.

ACTE SECOND.

Le Theatre change, & repreſente les Jardins du Palais de Cephée.

SCENE PREMIERE.

CASSIOPE, MEROPE, PHINE'E.

Faut-t'il que contre nous tout le Ciel s'intereſſe?
Dieux! ne puis-je eſperer de vous flé-chir jamais?

PHINE'E.

I'ay conduit icy la Princeſſe.

MEROPE.

Perſée a ramené le Roy dans ce Palais.

PHINE'E.

Meduse se retire, elle nous laisse en paix.

CASSIOPE.

Elle peut revenir, elle peut nous surprendre,
Iunon s'obstine à se vanger;
Contre elle aucun des Dieux n'a soin de nous deffendre;
Mon seul espoir est d'engager
Iupiter à nous proteger.

PHINE'E.

Ie vous entends, je sçay quelle est vostre esperance.
Persé a beau vanter sa divine naissance,
Aprés vostre promesse, aprés le choix du Roy,
Andromede doit estre à moy.

CASSIOPE.

Le Ciel punit mon crime, il est inexorable,
I'ay besoin de secours dans un mortel effroy.

PHINE'E.

Ah! si le Ciel est équitable,
Vous trouveroit-t'il moins coupable
Si vous m'aviez manqué de foy.

MEROPE.

Il est aimé de ce qu'il aime,
Vous avez aprouvé ses vœux;
Briserez-vous des nœuds

Que vous avez formez vous-mesme?
Que le desespoir est affreux
Pour un amour extréme
Qui s'estoit flaté d'estre heureux!

PHINE'E & MEROPE.

Briserez-vous des nœuds
Que vous avez formez vous-mesme.

SCENE SECONDE.

CEPHE'E, PHINE'E, CASSIOPE, Suite.

PHINE'E.

SEigneur vous m'avez destiné
A l'Himen fortuné
De l'aimable Andromede.
A l'Amour de Persée on veut que je la cede;
M'osterez-vous un bien que vous m'avez donné.

CEPHE'E.

Au Fils de Iupiter on peut ceder sans honte.

PHINE'E.

Et croyez-vous aussi la Fable qu'il raconte?
Croyez-vous qu'un Dieu souverain
Qui sur tout l'Vnivers preside,
Se laissa par l'Amour changer en or liquide,

Pour entrer en ſecret dans une Tour d'airaïn?
Par ce prodige imaginaire,
Perſée eſt reveré du credule vulgaire;
Il ſe dit Fils du Dieu dont le Ciel ſuit la loy,
Mais je ne pretens pas l'en croire ſur ſa foy.

CEPHE'E.

Voſtre incredulité n'aura donc plus d'excuſe,
Mon Frere, ſa valeur va vous ouvrir les yeux;
Reconnoiſſez le Fils du plus puiſſant des Dieux,
Il offre de couper la Teſte de Meduſe.

MEROPE, CASSIOPE, & PHINE'E.

La Teſte de Meduze! ô Cieux!

CEPHE'E.

Ma Fille eſt le prix qu'il demande.

CASSIOPE & CEPHE'E.

Quel prix peut trop payer cét effort glorieux.

PHINE'E.

Le ſuccés n'eſt pas ſeur, ſouffrez que je l'attende;
Souffrez que cependant mon amour ſe deffende
D'abandonner un bien ſi precieux;
Perſée encor n'eſt pas victorieux.

SCENE

SCENE TROISIE'ME.

CEPHE'E, CASSIOPE, MEROPE.

CEPHE'E.

L'Espoir dans nos cœurs doit renaistre.
Dieux que Iunon engage à servir son couroux,
Dieux irritez, apaisez-vous?
La vengeance du Ciel n'a que trop sçeu paraistre,
Le Fils de Iupiter veut combatre pour nous,
O Ciel; favorisez le Fils de vostre Maistre.

Ils repetent ensemble les deux derniers Vers.

SCENE QVATRIE'ME.

MEROPE Seule.

HElas! il va perir! doi-je en trembler? pourquoy
Pour l'Amant d'Andromede ai-je pris tant d'effroy?
Faut-t'il que mon dépit s'oublie?
Quel interest ai-je à sa vie?
Il vivroit pour une autre, il est perdu pour moy.
Cependant quand je songe à son peril extréme,
Quand je le voy chercher un horrible trépas,
Sans songer qu'il ne m'aime pas,
Ie sens seulement que je l'aime.

SCENE CINQVIE'ME.

ANDROMEDE, MEROPE.

ANDROMEDE resvant.

INfortunez, qu'un Monstre affreux
A changez en Rochers par ses regards terribles,
Vous ne ressentez plus vos destins rigoureux,
Et vos cœurs endurcis sont pour jamais paisibles;
Helas! les cœurs sensibles
Sont mille fois plus malheureux.

MEROPE à part.

Andromede semble interdite,
Elle vient resver en ces lieux:
Ah! je reconnoy dans ses yeux
Le mesme trouble qui m'agite.

ANDROMEDE resvant.

Il ne m'aime que trop, & tout me sollicite
De l'aimer à mon tour:
C'est du plus grand des Dieux qu'il a receu le jour,
Dans nos perils mortels l'Amour le precipite,
Le moyen de tenir contre tant de merite?
Et contre tant d'amour?

MEROPE.

Ah! vous aimez Persée, il cause vos allarmes;
N'en desavoüez point vos larmes,
Vos tendres sentiments se sont trop exprimez.
Vous l'aimez.

ANDROMEDE.

Vous l'aimez.
L'espoir de son Himen avoit charmé vostre ame,
Et je sçay les projets que vous aviez formez:
Ie voy que le dépit n'esteint pas vostre flâme,
Persée est en peril, & vous vous allarmez,
Vous l'aimez.

MEROPE.

Vous l'aimez.

ANDROMEDE & MEROPE.

Ah! qu'un tendre Cœur est à plaindre
D'estre reduit à feindre!
Quel tourment ne fait point souffrir
Vn malheureux amour que l'on ne peut esteindre,
Et que l'on n'ose découvrir?
Ah! qu'un tendre Cœur est à plaindre
D'estre reduit à feindre!

MEROPE.

Il est vray, le dépit veut en vain m'animer,
Ie sens que la pitié desarme ma colere;
Persée est un Ingrat qui ne me peut aimer,
Il n'a pas laissé de me plaire.

Il vous a trop aimée! helas!
Comment ne l'aimeriez-vous pas?

ANDROMEDE.

L'amour qu'il a pour moy l'engage
A chercher à se perdre avec empressement;
Ne me reprochez point ce funeste avantage,
Ie le payeray cherement.

MEROPE.

Vnissons nos regrets, le mesme amour nous lie;
Qu'importe à qui de nous Persée offre ses vœux?
Nous l'allons perdre toutes deux,
Son peril nous reconcilie.

ANDROMEDE & MEROPE.

Ce Heros s'expose pour nous:
Sa perte est infaillible!
Ha! qu'il vive, s'il est possible,
Quand il vivroit pour vous.

ANDROMEDE.

Il faut que mon amour se cache & se trahisse....
O Ciel! il va partir! il me cherche en ces lieux.

MEROPE.

Ie veux m'espargner le supplice
D'estre tesmoin de vos adieux.

SCENE SIXIE'ME.

PERSE'E, ANDROMEDE.

PERSE'E.

Belle Princesse, enfin, vous souffrez ma presence.

ANDROMEDE.

Seigneur, on me l'ordonne, & je suis mon devoir.

PERSE'E.

Vous voulez me faire sçavoir
Que je ne doy ce bien qu'à vostre obeïssance.
N'importe, rien ne peut esbranler ma constance:
I'ay sçeu jusqu'à ce jour vous aimer sans espoir;
Ie vais avec plaisir prendre vostre deffense,
Quand je n'aurois pour recompense
Que la seule douceur que je sens à vous voir.

ANDROMEDE.

Non, ne vous flatez pas, je veux ne vous rien taire;
Vous m'aimez vainement. Phinée a sçeu me plaire:
Il est choisi pour estre mon Espoux;
Nos deux Cœurs sont unis, quel prix esperez-vous
D'une Entreprise dangereuse?
Quand vous seriez vainqueur, vostre ame est genereuse,
Et vous ne voudrez pas rompre des nœuds si doux?

PERSE'E.

Ie ſeray malheureux, deſeſperé, jaloux,
Mais je mourray content ſi vous vivez heureuſe.

ANDROMEDE.

O Dieux!

PERSE'E.

De mes regards vos beaux yeux ſont bleſſez,
Vous ſouffrez à me voir, mon amour vous outrage:
Ie vais chercher Meduſe, & je vous aime aſſez,
Pour ne vous pas contraindre à ſouffrir davantage.

ANDROMEDE.

Quoy, pour jamais vous me quittez?
Perſée, arreſtez, arreſtez.

PERSE'E.

Qu'entend-je! ô Cieux! belle Princeſſe!
Que voi-je! vous verſez des pleurs!

ANDROMEDE.

Ah! par l'excés de mes douleurs
Connoiſſez s'il ſe peut l'excés de ma tendreſſe?
Voyez à quoy j'avois recours
Pour vous oſter l'ardeur qui vous fait entreprendre
Vn Combat funeſte à vos jours?
Helas! que n'ai-je pû me rendre
Indigne de voſtre ſecours!
Que n'eſtes-vous moins magnanime!
Meduſe d'un regard porte un trépas certain.

PERSE'E.

Vous pourriez estre sa victime.

ANDROMEDE.

Tout l'effort des Mortels contre elle seroit vain.

PERSE'E.

Le Fils de Jupiter, lors que l'Amour l'anime,
Doit aller au delà de tout l'effort humain.

ANDROMEDE.

Par les frayeurs d'un amour tendre
Ne serez-vous point desarmé?

PERSE'E.

J'ignorois vostre amour, & j'allois vous deffendre;
Puis-je à vous secourir estre moins animé;
Quand je sçay que je suis aimé?

ANDROMEDE.

Quoy, vous partez?

PERSE'E.

L'Amour m'appelle.

ANDROMEDE.

Vous mesprisez mes pleurs! mes cris sont superflus?

PERSE'E.

Vous me verrez comblé d'une gloire immortelle....

ANDROMEDE.

Helas! nous ne vous verrons plus!

PERSE'E,

PERSE'E & ANDROMEDE.

Ah! vostre peril est extrême!
Ie voy vostre danger, je ne voy pas le mien.
Dieux! sauvez ce que j'aime?
Et pour moy-mesme
Ie ne demande rien.
Dieux! sauvez ce que j'ayme?

SCENE SEPTIE'ME.

MERCURE, PERSE'E.

MERCURE sortant des Enfers.

PErsée, où courez-vous? qu'allez-vous entreprendre?

PERSE'E.

Vn Peuple infortuné m'engage à le deffendre,
C'est à la gloire que je cours.
Si je meurs, mon trépas sera digne d'envie,
Ie laisse le soin de mes jours
Au Dieu qui m'a donné la vie.

MERCURE.

Ce Dieu juste & puissant favorise vos vœux,
Et c'est par ma voix qu'il s'explique;
Il reconnoist son sang à l'effort genereux
Que vous allez tenter d'une ardeur heroïque
Pour secourir des Malheureux,

Mais

Mais ce n'est point en temeraire
Qu'il faut dans le peril precipiter vos pas :
L'assistance des Dieux vous sera necessaire,
Ils veulent vous l'offrir ne la negligez pas.
Ie viens d'aprendre à toute la Nature,
Que Iupiter s'interesse en vos jours ;
La jalouse Iunon vainement en murmure,
Et tout, jusqu'aux Enfers, vous promet du secours.

SCENE HVITIE'ME..

MERCURE, PERSE'E, Troupe des Cyclopes.

Des Cyclopes viennent en dansant donner à Persée de la part de Vulcain, une Espée, & des Talonnieres ailées semblables à celles de Mercure.

Vn des Cyclopes

C'Est pour vous que Vulcain de ses mains immortelles,
A forgé cette Espée & preparé ces Ailes.
Hastez-vous de vous signaler
Par une celebre victoire,
Chacun doit aller à la gloire,
Mais un Heros y doit voler.

SCENE NEVFIE'ME.

MERCVRE, PERSE'E, Troupe de Cyclopes, Troupe de Nymphes Guerrieres.

Vne des Nymphes Guerrieres presente à Persée de la part de Pallas un Bouclier de Diamant, elle chante en luy faisant ce present, & les autres Nymphes Guerrieres dansent.

Vne Nymphe Guerriere.

LE plus vaillant Guerrier s'abuse
D'oser tout esperer de l'effort de son bras.
Si vous voulez vaincre Meduse,
Portez le Bouclier de la sage Pallas.

Que la Valeur & la Prudence
Quand elles sont d'intelligence,
Achevent d'Exploits glorieux!
Le Monstre le plus furieux
Leur fait vainement resistance:
La Paix ne peut regner que par leur assistance,
L'Vnivers leur doit son bonheur.
Rien ne peut mieux donner un immortel honneur
Que la Valeur & la Prudence,
Quand elles sont d'intelligence.

SCENE DIXIE'ME.

MERCVRE, PERSE'E, Troupe de Cyclopes, Troupe de Nymphes Guerrieres, Troupe de Divinitez infernales.

Les Divinitez Infernales sortent des Enfers, & apportent le Casque de Pluton qu'elles presentent à Persée. Vne de ces Divinitez chante, & les autres dansent.

Vne Divinité Infernale.

CE Casque vous est presenté
Au nom du Souverain de l'Empire des Ombres.
Au milieu du peril pour vostre seureté,
Il répandra sur vous l'espaisse obscurité
Qui regne en nos Demeures sombres.

Ce Don misterieux doit aprendre aux Humains
Comme on peut s'assurer d'un succés favorable ;
Il faut cacher de grands desseins
Sous un secret impenetrable.

MERCURE, & les Chœurs des Cyclopes, des Nymphes Guerrieres, & des Divinitez Infernales.

Que l'Enfer, la Terre, & les Cieux,
Que tout l'Univers favorise
Vostre genereuse Entreprise.
Que l'Enfer, la Terre & les Cieux,
Que tout l'Univers favorise
Le Fils du plus puissant des Dieux.

MERCVRE.

Vostre conduite à mes soins est commise,
L'impatience éclate dans vos yeux.
La gloire qui vous est promise
Ne peut plus souffrir de remise;
Suivez-moy, partons de ces lieux.

Mercure & Persée volent, & les Chœurs chantent.

Que l'Enfer, la Terre & les Cieux,
Que tout l'Univers favorise
Le Fils du plus puissant des Dieux.

Fin du second Acte.

ACTE III.

Le Theatre change, & represente l'Antre des Gorgones.

SCENE PREMIERE.

MEDUSE, EURYALE, STENONE.

MEDUSE.

I'Ay perdu la beauté qui me rendit si vaine:
Ie n'ay plus ces Cheveux si beaux
Dont autrefois le Dieu des Eaux
Sentit lier son cœur d'une si douce chaîne.
Pallas la barbare Pallas
Fut jalouse de mes appas,
Et me rendit affreuse autant que j'estois belle:

Mais l'excés estonnant de la difformité
Dont me punit sa cruauté,
Fera connaistre en dépit d'elle
Quel fut l'excés de ma beauté.
Ie ne puis trop montrer sa vengeance cruelle:
Ma Teste est fiere encor d'avoir pour ornement
Des Serpens dont le sifflement
Excite une frayeur mortelle.

Je porte l'épouvante & la mort en tous lieux;
Tout se change en Rocher à mon aspect horrible:
Les traits que Iupiter lance du haut des Cieux
N'ont rien de si terrible
Qu'un regard de mes yeux.

Les plus grands Dieux du Ciel, de la Terre & de l'Onde,
Du soin de se vanger se reposent sur moy:
Si je pers la douceur d'estre l'amour du Monde,
J'ay le plaisir nouveau d'en devenir l'effroy.

MEDUSE, EURYALE & STENONE.

O! le doux employ pour la Rage!
De causer un affreux ravage!
Heureuse la Fureur
Qui remplit l'Univers d'horreur!

Les trois Gorgones entendent un doux Concert.

MEDUSE, EURYALE & STENONE.

Dans ce triste sejour qui peut nous faire entendre
Le doux bruit qui nous vient surprendre!
Iamais icy Mortel avec impunité
Ne porta sa veuë indiscrete.
Quels concerts! quelle nouveauté!
Qui peut chercher l'horreur secrete
De nostre fatale Retraite?
C'est Mercure qui vient dans cét Antre escarté.

SCENE SECONDE.

MERCVRE, MEDVSE, EVRYALE, & STENONE.

MEDVSE.

MOn terrible secours vous est-t'il necessaire?
De superbes Mortels osent-t'ils vous déplaire?
Faut-t'il vous en vanger? faut-il armer contre eux
Le funeste couroux de mes Serpens affreux?
Où faut-il que ma fureur vole?
Vous n'avez qu'à nommer l'Empire malheureux
Que vous voulez que je desole.

MERCURE.

C'est tousiours mon plus cher desir
De voir tout l'Vnivers dans une paix profonde.
Ne vous lassez-vous point du barbare plaisir
De troubler le repos du monde?

MEDUSE.

Puis-je causer jamais des malheurs assez grands
Au gré de la fureur qui de mon cœur s'empare?
C'est des Dieux cruels que j'aprens
A dévenir barbare.

MERCURE.

Il est vray qu'un fatal couroux
A trop éclaté contre vous;
Vous n'avez eû que trop de charmes.
Sans Pallas, sans ses rigueurs,
Vous n'auriez troublé les Cœurs
Que par de douces allarmes.

MEDUSE.

Que sert-t'il de m'entretenir
D'un bien trop tost passé qui ne peut revenir?
Ie n'en ressens que trop la perte irreparable;
Ah! quand on se trouve effroyable.
Que c'est un cruel souvenir
De songer que l'on fût aimable!

MERCURE.

Ie ne puis dans vostre malheur
Vous offrir qu'un sommeil paisible.

MEDUSE.

Avec une vive douleur.
Le repos est incompatible.

MERCURE.

O! tranquile ſommeil, que vous eſtes charmant!
Que vous faites ſentir un doux enchantement
Dans la plus triſte ſolitude!
Voſtre divin pouvoir calme l'inquietude:
Vous ſçavez adoucir le plus cruel tourment.
O tranquile ſommeil, que vous eſtes charmant!

MERCURE parlant aux Gorgones.

Ioüiſſez du repos dans ce lieu ſolitaire.

LES GORGONES.

Non, ce n'eſt que pour la colere
Que nos cœurs malheureux ſont faits:
Non, le repos ne peut nous plaire,
Nous y renonçons pour jamais.
Non, ce n'eſt que pour la colere
Que nos cœurs malheureux ſont faits.

MERCURE touchant les trois Gorgones de ſon Caducée.

Il faut ceder, il faut vous rendre
Au charme qui va vous ſurprendre.

LES TROIS GORGONES.

Il faut nous rendre malgré-nous,
Au charme d'un ſommeil trop doux.

Les Trois Gorgones s'endorment.

SCENE TROISIÉME.

PERSÉE, MERCURE, LES GORGONES endormies.

MERCURE.

PErsée, aprochez-vous, Meduse est endormie.
Avancez sans bruit, surprenez
Une si terrible Ennemie.
Si vous osez la voir, c'est fait de vostre vie ...

PERSÉE.

Je suivray les conseils que vous m'avez donnez.

MERCURE.

Je vous laisse au milieu d'un peril redoutable.
Je ne puis plus rien pour vos jours.
Cherchez vostre dernier secours
Dans un courage inébranlable.

PERSÉE.

Un prix qui me doit charmer
M'est offert par la Victoire:
Quel peril peut m'allarmer?
L'Amour & la Gloire
S'unissent pour m'animer.

Mercure ſe retire, Perſée tenant ſon Bouclier devant ſes yeux, aproche de Meduſe, il luy coupe la Teſte ; & la cache dans vne Eſcharpe pour l'emporter avec luy.

SCENE QVATRIE'ME.

PERSE'E, LES GORGONES.

PERSE'E.

LE Monde eſt delivré d'un Monſtre ſi terrible,
Le Ciel s'eſt ſervy de mon bras...

Euryale & Stenone s'éveillent au bruit de la voix de Perſée, & courent à l'endroit où elles l'ont entendu parler.

Tu fais perir Meduſe? Ah! Traiſtre, tu mourras.
Qu'il meure d'un trépas horrible.

Les deux Gorgones veulent attaquer Perſée, mais la vertu ſecrete du Caſque qu'il porte les empéche de le voir.

Mais qui peut le rendre inviſible?
Meduſe aprés ſa mort trouble encore l'Vnivers.
C'eſt ſon ſang qui produit tant de Monſtres divers.

Chryſaor, Pegaſe, & pluſieurs autres Monſtres de figure bizarre & terrible, ſe forment du ſang de Meduſe. Chryſaor & Pegaſe volent, quelques-uns des autres Monſtres s'eſlevent auſſi dans l'air, quelques autres rampent, les autres courent, & tous cherchent Perſée qui eſt caché à leurs yeux par la vertu du Caſque de Pluton qu'il a ſur la teſte.

EVRYALE & STENONE.

Monſtres, Cherchez voſtre victime.
Vangez le ſang qui vous anime.
Servez nos fureurs; armez-vous.
Vangeons Meduſe, vangeons-nous.

SCENE CINQVIE'ME.

MERCVRE, PERSE'E, EVRYALE, & STENONE.

MERCVRE.

PErſée, allez, volez, où l'Amour vous appelle.
Gorgones, deſormais vous ſerez ſans pouvoir:
Ce lieu n'eſt pas pour vous un ſejour aßez noir
Venez dans la Nuit eternelle.

Perſée vole, & emporte la teſte de Meduſe. Les Monſtres qui s'efforcent de le ſuivre, tombent avec Euryale & Stenone dans les Enfers, où Mercure les contraint de deſcendre.

EVRYALE & STENONE s'abiſmant.

Des Gouffres profonds ſont ouverts:
Ah! nous tombons dans les Enfers.

Fin du troiſiéme Acte.

ACTE IV.

Le Theatre change, & represente la Mer, & un Rivage bordé de Rochers.

SCENE PREMIERE.

TROUPES D'ETHIOPIENS, PHINEE & MEROPE.

Troupe d'Ethiopiens.

Ourons, courons tous admirer,
Le Vainqueur de Meduse.

PHINE'E.

Persée est de retour, chacun court l'honnorer;
Et le bonheur public va me desesperer.
Non, non, il n'est plus temps qu'un vain espoir m'abuse.

Seconde Troupe d'Ethiopiens.

Courons, courons tous admirer
Le Vainqueur de Meduſe.

MEROPE.

Allons en ſecret ſoûpirer:
Non, je ne puis plus me montrer
Triſte comme je ſuis, interdite & confuſe.

Troiſiéme Troupe d'Ethiopiens.

Courons, courons tous admirer
Le Vainqueur de Meduſe.

SCENE SECONDE.

PHINE'E & MEROPE.

PHINE'E.

Nous reſſentons meſmes douleurs,
Fuyons une foule importune:
D'une plainte commune
Déplorons nos communs malheurs.

MEROPE.

Que l'Amour a pour moy de chagrins & d'allarmes!
Que Perſée à mon cœur couſte de déplaiſirs!
Son départ, ſes dangers m'ont fait verſer des larmes,
Et ſon heureux retour m'arrache des ſoûpirs.

Persée est revenu, mais c'est pour Andromede.
Pour m'offrir à ses yeux, l'ardeur qui me possede
M'a fait empresser vainement;
Il n'a rien veu que ce qu'il aime,
Il n'a pas daigné mesme
S'apercevoir de mon empressement,
Et tous les soins de mon amour extréme
N'ont pas esté payez d'un regard seulement.

PHINE'E.

Que le Ciel pour Persée est prodigue en miracles!
Qui n'eust pas crû qu'un Monstre furieux
M'auroit débarassé d'un Rival odieux?
Cependant malgré mille obstacles,
Mon Rival est victorieux.
Il s'est fait des routes nouvelles,
Il a volé pour haster son retour;
Et Mercure & l'Amour
Ont pris soin à l'envy de luy prester des ailes.
Le Peuple croit luy tout devoir;
On entend de son nom, retentir ce Rivage.
Le Roy s'est empressé d'honnorer son courage,
Chacun jusqu'en ces lieux l'est venu recevoir.
Qu'Andromede a paru contente de le voir!
Quel triomphe pour luy! quel charmant avantage!
Et pour moy quelle rage!
Et quel horrible desespoir!

La Mer s'irrite, les flots s'eslevent, & s'étendent sur le Rivage.

PHINE'E & MEROPE.

Les Vents impetueux s'eschapent de la chaîne
Qui les forçoit d'estre en repos.
Vne Tempeste soudaine
Sousleve les flots.

Mer vaste, Mer profonde,
Dont les flots sont émeus par les vents en courroux,
Les Cœurs amoureux & jaloux
Sont plus agittez que vostre onde,
Les Cœurs amoureux & jaloux
Sont cent fois plus troublez que vous.

SCENE TROISIE'ME.

IDAS, Troupe d'Ethiopiens, PHINE'E, & MEROPE.

IDAS, & les Ethiopiens.

O Ciel inexorable!
O Malheur deplorable!

PHINE'E & MEROPE à part.

Qui pourroit traverser ces trop heureux Amants!

En parlant aux Ethiopiens.

Doù naissent vos gemissements?

ASID

IDAS.

L'implacable Iunon cause nostre infortune,
Elle arme contre nous l'Empire de Neptune;
Vn Monstre en doit sortir qui viendra devorer
L'innocente Andromede;
Et Thetis & ses Sœurs viennent de declarer
Qu'il n'est plus permis d'esperer
De voir finir nos maux sans ce cruel remede.
Les Tritons ont saisi la Princesse à nos yeux;
Et le pouvoir des Dieux
Nous a rendus tous immobiles.
C'est sur ces Bords qu'au Monstre on la doit exposer:
Pour son secours, Persée en vain veut tout oser,
Ses efforts seront inutiles.
Il faut ceder aux Dieux, il faut ceder au Sort
Dont Andromede est poursuivie.
Croyoit-on voir finir une si belle vie
Par une si terrible mort?

Les Ethiopiens se placent sur les Rochers qui bordent le Rivage.

IDAS, & les Ethiopiens.

O sort inexorable!
O malheur deplorable!
Princesse infortunée, helas!
Vous meritiez un sort plus favorable:

Vous ne meritiez pas
Vn si cruel trépas.
O sort inexorable!
O Malheur deplorable!

PHINE'E.

Les Dieux ont soin de nous vanger;
Le plaisir que je sens avec peine se cache.

MEROPE.

Verrez-vous sans douleur, Andromede en danger?

PHINE'E.

Est-ce à moy que la mort l'arrache?
C'est à Persée à s'affliger.
L'Amour meurt dans mon cœur, la rage luy succede
I'aime mieux voir un Monstre affreux
Devorer l'ingrate Andromede,
Que la voir dans les bras de mon Rival heureux.
Attendons que son sort finisse,
Observons tout d'un lieu plus escarté.

SCENE QVATRIESME.

CEPHE'E, CASSIOPE, Troupe d'Ethiopiens placez sur les Rochers.

CEPHE'E & CASSIOPE sur le Rivage.

AH! quel effroyable suplice!
Dieux! ô Dieux! quelle cruauté!

CEPHÉE.

Ie pers ma fille, helas! le Ciel propice
Me la donna pour ma felicité:
Aujourd'huy le Ciel irrité
Veut qu'un Monstre me la ravisse.
Ciel! que j'ay toujours respecté,
Ne m'avez-vous long-temps conservé la clarté,
Que pour me faire voir cét affreux sacrifice?

CEPHÉE & CASSIOPE.

Ah! quel effroyable suplice!
Dieux! ô Dieux! quelle cruauté!

CASSIOPE.

C'est ma funeste vanité,
C'est mon crime, grands Dieux! qu'il faut que l'on punisse,
Ma fille n'en est pas complice,
Et vos foudres vangeurs contre elle ont esclaté!
Dieux! pouvez-vous vouloir qu'Andromede perisse?
Sa jeunesse, ny sa beauté,
N'ont-elles rien qui vous fléchisse?
La Vertu, l'Innocence, a-t'elle merité
Les rigueurs de vostre justice?

CEPHÉE & CASSIOPE.

Ah! quel effroyable suplice!
Dieux! ô Dieux! quelle cruauté!

Les Tritons & les Nereïdes paraissent dans la Mer. Les Tritons environnent Andromede, & l'attachent à un Rocher.

SCENE CINQUIESME.

Troupe de Nereïdes, Troupe de Tritons,

ANDROMEDE, CEPHE'E, CASSIOPE, Troupe d'Ethiopiens.

CEPHE'E.

QVe j'expie en mourant un ſi funeſte crime.

CASSIOPE.

Que par pitié j'obtienne une mort legitime.
Cruels, n'attachez-pas ma fille à ce Rocher,
C'eſt moy qu'il y faut attacher.

CEPHE'E CASSIOPE, & le Chœur des Ethiopiens.

Divinitez des Flots, quel couroux vous anime
Contre une innocente victime?
C'eſt noſtre unique eſpoir, faut-il nous l'arracher?
Nos vœux, nos pleurs, nos cris, rien ne vous peut toucher.

ANDROMEDE.

Dieux! qui me deſtinez une mort ſi cruelle,
Helas! pourquoy me flatiez-vous
De l'eſpoir d'un deſtin ſi doux?

Vous dont je tiens la vie, & vous Peuple fidelle,
Ioüissez par ma mort d'une paix éternelle:
Ie vais fléchir les Dieux irritez contre nous;
Et si ma Mere est criminelle,
C'est moy qui dois calmer le celeste couroux
Par le sang que j'ay receu d'elle;
Heureuse de perir pour le salut de tous:
Vn souvenir charmant qu'en mourant je rapelle,
Les appas, les douceurs d'une amour mutuelle,
Sont de mon sort fatal les plus terribles coups:
Le fils de Jupiter eust esté mon espoux,
Ah! que ma vie eust esté belle!
Dieux! qui me destinez une mort si cruelle,
Helas! pourquoy me flatiez-vous,
De l'espoir d'un destin si doux.

Vn Triton.

Tremblez, superbe Reine;
Tremblez, Mortels audacieux;
Que vostre orgueil aprenne
Combien vostre grandeur est vaine;
Tremblez, Mortels audacieux;
Redoutez le couroux des Dieux.

CASSIOPE.

Ah! quelle vengeance inhumaine!

CEPHE'E.

Andromede?

CASSIOPE.

Ma Fille?

ANDROMEDE.

O Cieux!

CASSIOPE.

Que les Dieux sont cruels! qu'ils sont ingenieux
A faire ressentir leur haine!

CEPHE'E.

Andromede?

CASSIOPE.

Ma Fille?

ANDROMEDE.

O Cieux!

Le Monstre paraist.

CEPHE'E, CASSIOPE, & les Ethiopiens.

Le Monstre aproche de ces lieux,
Ah! quelle vengeance inhumaine!

Les Nereïdes & les Tritons.

Tremblez, Mortels audacieux,
Redoutez le couroux des Dieux.

ANDROMEDE.

Je ne voy point Persée, & je flatois ma peine
Du triste espoir de mourir à ses yeux.

CEPHE'E, CASSIOPE, & les Ethiopiens.

Voyez voler ce Heros glorieux.

SCENE SIXIESME.

PERSE'E en l'air, & les mesmes Acteurs sur le Rivage, sur les Rochers, & dans la Mer.

ANDROMEDE.

A S'exposer pour moy c'est en vain qu'il s'obstine.

Persée vole & combat le Monstre.

Les Nereïdes & les Tritons.

Temeraire Persée, arrestez, respectez
La vengeance divine.

CEPHE'E, CASSIOPE, & les Ethiopiens.

Magnanime Heros, combattez, remportez
Le prix que l'Amour vous destine.

Les Nereïdes & les Tritons.

Le Fils de Iupiter brave nostre couroux.

Tous ensemble.

Le Monstre expire sous ses coups.

THETIS & TRITON.

Iunon a vainement cherché nostre assistance;
Nous nous vantions en vain d'achever sa vengeance;
Et Persée a pour luy des Dieux plus forts que nous.

Les Nereïdes & les Tritons.

Descendons sous les ondes:
Nostre honte se doit cacher;
Allons chercher
Des Retraites profondes.
Descendons sous les ondes.

La Mer s'apaise, les flots s'abaissent, & se retirent.

SCENE SEPTIESME.

PERSE'E, ANDROMEDE, CEPHE'E, CASSIOPE, & les Ethiopiens.

ANDROMEDE, CASSIOPE, & CEPHE'E.

LE Monstre est mort, Persée en est vainqueur,
Persée est invincible.

Les

Les Ethiopiens repetent ces deux Vers pendant que Persée deslie Andromede.

Le Monstre est mort, Persée en est vainqueur,
Persée est invincible.

CEPHE'E & CASSIOPE.

Quand l'Amour anime un grand Cœur
Il ne trouve rien d'impossible.

PERSE'E & ANDROMEDE.

Ah! que vostre danger me paroissoit terrible!

Les Ethiopiens.

Le Monstre est mort, Persée en est vainqueur,
Persée est invincible.

Les Ethiopiens descendent des Rochers, & témoignent leur joye en chantant & en dansant. Des Matelots & des Matelottes se meslent dans la réjoüissance publique. Vn des Ethiopiens chante au milieu des Matelots qui dansent.

Vn des Ethiopiens.

Nostre espoir alloit faire naufrage,
Nous goustons enfin un heureux sort.
Quel bonheur d'eschaper à l'orage!
Quel plaisir d'en retracer l'image
Quand on est au Port!

CEPHE'E.

Honnorons à jamais le glorieux Heros,
Qui nous donne un heureux repos.
Sa Valeur à ſon gré fait voler la Victoire:
Tour à tour la Terre & les Flots
Sont le Theatre de ſa gloire.
Honorons à jamais le glorieux Heros,
Qui nous donne un heureux repos.

Andromede, Caſſiope & les Ethiopiens, repetent les Vers que Cephée a chantez, & les Matelots & les Matelottes danſent en réjoüiſſance de la délivrance d'Andromede.

Vn des Ethiopiens.

Que n'aimez-vous
Cœurs inſenſibles?
Que n'aimez-vous?
Rien n'eſt ſi doux.
Non, ne vous vantez pas d'eſtre invincibles;
Les Dieux, les plus grands Dieux ont aimé tous.

Le Chœur.

Que n'aimez-vous
Cœurs inſenſibles?
Que n'aimez-vous?
Rien n'eſt ſi doux.

Un des Ethiopiens.

L'Amour n'a plus de traits terribles
Pour un Cœur qui cede à ses coups.

Le Chœur.

Que n'aimez-vous
Cœur insensibles?
Que n'aimez-vous?
Rien n'est si doux.

Un des Ethiopiens.

Pour un Amant
Tendre & fidelle,
Pour un Amant,
Tout est charmant.
L'espoir nourrit ses feux, sa chaîne est belle,
Il se fait un plaisir de son tourment.

Le Chœur.

Pour un Amant
Tendre & fidelle,
Pour un Amant,
Tout est charmant.

Un des Ethiopiens.

Heureux un Cœur qu'Amour appelle!
Malheureux, s'il tarde un moment!

Le Chœur.

Pour un Amant
Tendre & fidelle,
Pour un Amant,
Tout est charmant.

Fin du quatriéme Acte.

ACTE V.

Le Theatre change, & repreſente le lieu preparé pour les Nopces de Perſée & d'Andromede.

SCENE PREMIERE.

MEROPE ſeule.

O Mort! venez finir mon deſtin déplorable.
Ma Rivale joüit d'un ſort trop favorable,
Et je ſouffrirois trop ſi je ne mourois pas.
Son bonheur m'a rendu le jour inſupor-table,
La Nuit affreuſe du Trépas
Me paraiſt moins épouvantable.
O Mort! venez finir mon deſtin déplorable.

Helas! funeste Mort, Helas!
Pour les Cœurs fortunez vous estes effroyable,
Mais vos horreurs ont des appas
Pour un Cœur que l'Amour a rendu miserable,
O Mort! venez finir mon destin deplorable.

SCENE SECONDE.

PHINE'E, MEROPE.

PHINE'E.

CE n'est point à des pleurs qu'il faut avoir recours,
Junon veut qu'aujourd'huy je me vange avec elle.
Iris, de son vouloir l'Interprete fidelle,
Vient par son ordre exprés de m'offrir son secours.

MEROPE.

Du secours de Iunon que faut-il qu'on espere?
Persée a triomphé deux fois de son couroux.

PHINE'E.

Que ne pourra point sa colere
Vnie à mon transport jaloux?

Heureux qui peut gouſter une douce vengeance!
C'eſt l'unique eſperance
Des malheureux Amants.
Pour ſervir ma fureur, on s'arme en diligence.
Mon Rival n'aura pas mon bien pour recompenſe;
S'il triomphe de moy, c'eſt pour peu de moments;
C'eſt en vain qu'Andromede a traby ma conſtance;
L'Amour eſt avec eux en vain d'intelligence,
Ie briſeray ſes nœuds charmants.
L'Hymen me livrera l'Ingrate qui m'offenſe:
Elle a veu ma douleur avec indifference;
Ie veux eſtre inſenſible à ſes gemiſſements,
Et ſi je ne puis voir ſon cœur en ma puiſſance,
Ie joüiray de ſes tourments.
Heureux qui peut goûter une douce vengeance!
C'eſt l'unique eſperance
Des malheureux Amants.
Il faut nous eſloigner du Peuple qui s'avance,
Ce ſuperbe Appareil, ces riches Ornements,
Tout icy de ma rage accroiſt la violence:
Allons haſter l'éclat de nos reſſentiments.

MEROPE & PHINE'E.

Heureux que peut gouſter une douce vengeance.
C'eſt l'unique eſperance
Des malheureux Amants.

SCENE TROISIESME.

Le Grand Prestre du Dieu Hymenée, Suite du grand Prestre, Cephée, Cassiope, Persée, Andromede, Troupe de Courtisans de Cephée, magnifiquement parez pour assister aux Nopces de Persée & d'Andromede.

Le Grand Prestre.

Hymen! ô doux Hymen! sois propice à nos vœux;
Viens unir ces Amants fidelles,
Viens les rendre à jamais heureux.
Pren soin de conserver leurs ardeurs mutuelles,
Allume en leur faveur les plus beaux de tes feux:
Que leurs Cœurs soient comblez de douceurs éternelles;
Qu'ils soient toûjours contents, & toûjours amoureux.
Charmant Hymen! que tes chaînes sont belles
Lorsque l'Amour en a formé les nœuds!
Hymen! ô doux Hymen! sois propice à nos vœux;
Viens unir ces Amants fidelles,
Viens les rendre à jamais heureux.

Le Chœur repete ces trois derniers Vers.

Les

Les Ceremonies du Mariage de Persée & d'Andromede, que le Grand Prestre de l'Hymenée & sa Suite veulent commencer, sont interrompuës par Merope.

SCENE QVATRIE'ME.

MEROPE, & les mesmes Acteurs de la Scene precedente.

MEROPE.

PErsée, il n'est plus temps de garder le silence;
J'avois crû vouloir vostre mort;
Mais mon cœur avec vous est trop d'intelligence,
Et preste à me vanger, je ressens un transport
Cent fois plus pressant & plus fort
Que le transport de la vengeance.

Vostre Rival aproche, il en veut à vos jours,
Mille Ennemis vous environnent,
Evitez leur fureur, servez-vous du secours
Que les Dieux propices vous donnent;
Volez, & sauvez-vous par le milieu des airs,
Vous ne trouverez plus d'autres chemins ouverts.

PERSE'E.

Armons-nous, punissons l'audace des Rebelles.

MEROPE.

Sauvez-vous, profitez de mes avis fidelles.
C'est à fuïr seulement que vous devez songer.

PERSE'E.

Si les Dieux m'ont presté des ailes,
Ce n'est pas pour fuïr le danger.

SCENE CINQVIESME.

PHINE'E, Suite de PHINE'E, & les mesmes Acteurs de la Scene precedente.

PHINE'E & sa Suite.

P*Ersée, il faut perir, meurs, & laisse Andromede*
Au pouvoir d'un heureux Rival.

CEPHE'E, PERSE'E, & leur Suite.

Perfides, recevez le chastiment fatal
De la fureur qui vous possede.

Tous les Combattans.

Cedez, cedez à nostre effort;
Vous n'éviterez pas la mort;

Persée, Cephée & leur suite, poursuivent Phinée & sa suite.

CASSIOPE & ANDROMEDE.

Quelles horreurs! quelles allarmes!
Dieux! soyez touchez de nos larmes.

Tous les Combattans.

Cedez, cedez à nostre effort.
Vous n'éviterez pas la mort.

SCENE SIXIE'ME.

CEPHE'E, CASSIOPE, ANDROMEDE.

CEPHE'E parlant à Cassiope.

LE soin de vous deffendre en ces lieux me rapelle.
Craignez tout d'un Peuple rebelle;
Quel sang n'ose-t'il point verser!
Un trait, que sur Persée on a voulu lancer,
A frapé vostre Sœur d'une atteinte mortelle.
Iunon, implacable pour Nous,
Anime les Mutins de son fatal couroux.
Leur rage croist, leur nombre augmente;
Presée en vain toûjours combat avec chaleur,
Que servent les efforts qu'il tente,
Le nombre tost ou tard accable la Valeur.

SCENE SEPTIE'ME.

PHINE'E, sa Suite, PERSE'E, sa Suite, & les mesmes Acteurs de la Scene precedente.

PHINE'E & sa Suite.

QV'il n'eschape pas, qu'il perisse
Cét Estranger audacieux
Qui pretend regner en ces lieux :

CEPHE'E, CASSIOPE, & ANDROMEDE.

Ciel ! ó Ciel ! soyez-nous propice !

PHINE'E & sa Suite.

Qu'il n'eschape pas, qu'il perisse.

CEPHE'E, CASSIOPE, & ANDROMEDE.

Deffendez-nous, ô justes Dieux !

PERSE'E parlant à ceux de son party.

Ne craignez rien, fermez les yeux
Ie vais punir leur injustice.

PERSE'E, Petrifie, Phinée & sa Suite, en leur montrant la teste de Meduse.

PERSE'E.

Voyez leur funeste supplice.

CEPHE'E, CASSIOPE & ANDROMEDE.

Quel prodige ! quel changement !

PERSE'E.

La Teste de Meduse a fait leur chastiment.
Cessons de redouter la Fortune cruelle;
Le Ciel nous promet d'heureux jours.
Venus vient à nostre secours,
Elle ameine l'Amour, & l'Hymen avec elle.

Le Palais de Venus descend.

SCENE DERNIERE.

Venus, l'Amour, l'Hymenée, les Graces, les Amours & les Jeux. Cephée, Cassiope, Persée, Andromede, Troupe de Courtisans de Cephée. Troupe d'Ethiopiens & d'Ethiopiennes.

VENUS.

MOrtels, vivez en paix vos malheurs sont finis
Iupiter vous protege en faveur de son Fils,
A ce Dieu si puissant tous les Dieux veulent plaire
Et Iunon mesme enfin apaise sa colere.
Cassiope, Cephée, & vous heureux Espoux,
Prenez place au Ciel avec nous.
Les souverains Destins ordonnent
Que des Feux esclatants tousiours vous environnent.

Cephée, Cassiope, Persée & Andromede, sont eslevez dans le Ciel, & des Estoiles brillantes les environnent.

Venus, l'Amour, l'Hymenée, & les Chœurs.

Heros victorieux, Andromede est à vous.
Vostre valeur, & l'Hymen vous la donnent.
La Gloire & l'Amour vous couronnent.
Fût-il jamais un Triomphe plus doux!
Heros victorieux, Andromede est à vous.

Les Courtisans de Cephée, les Ethiopiens & les Ethiopiennes, témoignent leur joye par leurs danses.

Fin du cinquiéme & dernier Acte.

PRIVILEGE DU ROY.

LOUIS par la Grace de Dieu Roy de France & de Navarre; A nos amez & feaux Conseillers les Gens tenans nos Cours de Parlement, Maistres des Requestes ordinaires de nostre Hostel, & du Palais, Baillifs, Seneschaux, leurs Prevosts & Lieutenans, & tous autres nos Justiciers & Officiers qu'il appartiendra; SALUT. Nostre bien amé Jean-Baptiste Lully, Sur-Intendant de la Musique de nostre Chambre, Nous a fait remonstrer que les Airs de Musique qu'il a cy-devant composez, ceux qu'il compose journellement par nos ordres, & ceux qu'il sera obligé de composer l'avenir pour les pieces qui seront representées par l'Academie Royale de Musique, laquelle Nous luy avons permis d'établir en nostre bonne Ville de Paris, & autres lieux de nostre Royaume ou bon luy semblera, estant purement de son invention, & de telle qualité que le moindre changement ou obmission leur fait perdre leur grace naturelle; de sorte que comme son esprit seul les produit pour les appliquer aux sujets qu'il y trouve proportionnez, nul autre ne peut si bien que luy rendre lesdits Ouvrages publics dans leur perfection, & avec l'exactitude qui leur est deuë. Et d'ailleurs, il est juste que si leur impression doit apporter quelque avantage, il revienne plutost à l'Auteur pour le recompenser de son travail, & de partie des frais qu'il avance pour l'execution des Desseins qu'il doit faire representer par ladite Academie, qu'à de simples Copistes qui les imprimeroient sous pretexte de Permissions generales ou particulieres qu'ils peuvent avoir obtenuës par surprises ou autrement; ce qui l'oblige d'avoir recours à nos Lettres sur ce necessaires. A CES CAUSES, Voulans favorablement traiter l'Exposant, Nous luy avons permis & accordé, permettons & accordons par ces presentes, de faire imprimer par tel Libraire ou Imprimeur, en tel volume, marge, caractere, & autant de fois qu'il voudra, avec planches & figures, tous & chacuns les Airs de Musique qui seront par luy faits, comme aussi les Vers, Paroles, Sujets, Desseins & Ouvrages sur lesquels lesdits Airs de Musique auront esté composez, sans en rien excepter, & ce pendant le temps de trente années consecutives, à commencer du jour que chacun desdits Ouvrages seront achevez d'imprimer, iceux vendre & debiter dans tout nostre Royaume, par luy ou par autre, ainsi que bon luy semblera, sans qu'aucun trouble ny empéchement quelconque luy puisse estre apporté, mesme par ceux qui pretendent avoir de Nous Privilege pour l'impression des Airs de Musique & Balets, lesquels pour ce regard, en tant que besoin est ou seroit, Nous avons revoqué & revoquons par cesdites presentes; Faisant tres-expresses inhibitions & deffenses à tous Libraires, Imprimeurs, Colporteurs, & autres personnes de quelque qualité qu'elles soient, d'imprimer, faire imprimer, vendre & distribuer lesdites Pieces de Musique, Vers, Paroles, Desseins, Sujets, & generalement tout ce qui a esté & sera composé par ledit Lully sous quelque pretexte que ce soit, mesme d'impression étrangere & autrement, sans son consentemẽt ou de ses ayans cause, sur peine de confiscation des Exemplaires contrefaits, dix mille liv. d'amende, tant contre ceux qui les auront imprimez & vendus, que contre ceux qui s'en trouveront saisis, & de tous dépens, dommages & interests; à la charge d'en mettre deux Exemplaires en nostre Biblioteque publique, un en nostre Cabinet des Livres de nostre Chasteau du Louvre, & un en celle de nostre tres cher & féal Chevalier Garde des Sceaux de France, le Sieur d'Aligre, à peine de nullité des presentes. Du contenu desquelles, vous mandons & enjoignons faire joüir l'Exposant & ses ayans cause, plainement & paisiblement, cessant & faisant cesser tous troubles & empeschemens au contraire : Voulons qu'en mettant au commencement ou à la fin desdites Lettres l'Extrait des Presentes, elles soient tenuës deuëment signifiées, & qu'aux copies collationnées par l'un de nos amez & feaux Conseillers & Secretaires, foy soit adjoûtée comme à l'Original. Mandons au premier nostre Huissier ou Sergent, faire pour l'execution des Presentes, toutes significations, deffenses, saisies, & autres actes requis & necessaires, sans pour ce demander autre permission, nonobstant oppositions ou appellations quelconques, dont si aucunes interviennent, Nous nous en reservons & à nostre Conseil la connoissance, & icelle interdisons & deffendons à tous autres Juges : Car tel est nostre plaisir. Donné à Versailles le 20. jour de Septembre l'an de grace 1672. & de nostre regne le trentiéme. Signé, LOUIS. Et plus : Par le Roy, Colbert. Et scellé du grand Sceau de cire jaune.

www.ingramcontent.com/pod-product-compliance
Lightning Source LLC
LaVergne TN
LVHW012353220826
846092LV00002B/547